DATE A ME

Non abbiamo altro che noi stessi, da donare a chi ci regala vita. Siamo onde che si formano in risonanza con ciò che ci muove dal silenzio e ci permette di vibrare.

E come s'apprende nell'abbrivio del cammino cerco sempre di ricordare a me stesso quanto fondamentale sia l'accogliere, l'accettare, l'imparare, piuttosto che il chiudere, il definire e il credersi.

Incubo

Respiro liquido,
battito accelerato,
ho mani piccole
e do calci sporadici.
Vago in questo luogo
come un sogno in una mente.
In fondo, sono un sogno.
Il sogno di due persone che mi aspettano
impazienti.
Ad un tratto mi muovo...
salgo...
esco...
due mani mi prendono...
un colpo...
respiro...
e con il primo vagito
faccio la felicità di quei due,
cominciando il mio peggiore incubo.

A mio figlio

Vivi di vividi lividi,
scrivi di avidi avi,
ed eviscera sciarade.
Scivola via dall'atavica, asfittica asetticità di uomo pensante,
rinchiuso in passanti per cinghie pesanti.
Sorpassa il surplus di spossanti passati,
soppesa possibili passi
e sopprimi le prime possenti pulsioni.
Passami spasmi pulsanti pigiando su palmi,
premendo pulsanti nascosti.
Nasci in nuovo lucore, splendente nitore di liscio nuotare in liquide ore.
Levita ed evita nuvole, viola il viola nativo del sole.
Vaga viaggiando per valli e veleggiando per voli,
avvicinati a ville e vaglia favelle;
sfavilla in flebili flussi di fatui fuochi,
sortilegi per pochi, buchi di favola per fervide menti;
menti a te stesso per sentirti migliore,
macina miglia senza mai mendicare,

indica mari,
monta su monti
simili a magli scagliati da maghi ammaliati da laghi.
Lava il mio corpo di esile vile,
leva la lava dal vello del verro che impersono,
io che avallo frastuono,
non valgo un suono,
non voglio, ma sono.
Spegni il valore del fulcro, attaccato col velcro al semicerchio del simulacro,
simula voglia di veglia passata a vigilare su voglie di vaniglia,
attorno a falò estivi, di braci e abbracci,
con brividi impavidi, con baci rubati col bere.
Sbriga consegne, consegna breviari,
consolida maestria con solida bramosia,
brevetta consigli, confeziona brutture ed accetta sconfitte,
sconfina in finali felici, ascolta fanatici e strofina felini fenici,
sconvolgi feticci futili e infine comprendi il fervore
dell'amaro sapore del: «fa male guardarsi fallire».
È facile vestirsi di riconosciuta bravura,
non fa che arricchire speranze (che in te son paura),
accresce richieste e avvalora rimpianti,
ma aumenta la delusione altrui,
quando nudo e rachitico dimostri il mediocre che sei.
Rammenta mio piccolo,
ricorda Riccardo:

sii sempre ciò che sei, ma soprattutto sappi opinare
solipsismi, perché
« prendersi sul serio è l'unica arma di chi non sa costruir
talenti da doti ».

Al medio credo, al mediocre do, almeno... credo

Ti hanno detto che l'amore è quello,
che il sole scalda e che il mare è bello,
ma sei tu a volerlo o la voglia che t'ha preso?
Quando credi d'esser solo, chiediti se mai tu sia stato veramente due.
Che quando un pezzo sembra starti bene addosso,
non pensi forse sia poetico dire: « siamo uno »?
E allora chiediti se mai ci sia « grazie » migliore
di quel senso di pace d'un sorriso che ti cola su spalla,
mentre abbracci quel che vorresti essere tu.
Hai mai notato come « ti amo »
suoni sempre troppo uguale a « salvami, ti prego »?
E quanto sbagliato sia il « ti voglio bene » concesso,
quando il senso reale è « lotto, perché voglio tu sia »?
E quanto poco si accetti « ok », tutto quello che odiamo negli altri e siamo?
E non è uno sforzo immane il dimenticarsi d'aver diritto,
l'orgoglio è quel vestito inesistente, che indossi insistente perché le altre menti
attente ti guardino continuamente.
E non è uno sforzo immane esser normali,

è l'accettare di non essere speciali, unici,
scarrafonibelliammammasoja, che c'ammazza.
Perché normale
è anche l'oscillare tra pneumatico piangere in cuscini
e il cantar su motorini,
zigzagando in strade vuote e soli enormi,
per il bacio sempre senza precedenti
che senti ancora su lingua, labbra e denti.
Normale non è mediocre.
Piuttosto cerca di non esser altro che te stesso,
combatti l'esser stronzo più che cesso,
e adesso dimmi:
hai esploso a quello sguardo quanto perso e vissuto t'ha fatto sentire?
Hai spinto i sogni fuori dai palmi per vederli sciogliersi o volare?
Mordere di nuovo i vecchi pianti è perder tempo,
regalalo o rubalo a chi te lo splende.
Forse è auspicabile quel non sentir pesi,
sdraiati sulla linea poco mossa,
niente scosse, niente abissi;
ma se posso preferire, spero ancora
di ricordare in bocca tutti i picchi
e non scordare, in lacrime e ferite,
che l'elastico del senso di chi ha cura
presto o tardi m'allargherà il respiro.

Regala quiete e tempo

Come
quando
vedi
mari
che si perdono negli occhi
di chi cresce e non soggiace
a regole di carne e neve.
Chiedi aiuto ad un amico che
regala ricordi di favola, volando da sogni a respiri,
gridando nell'ombra di un turbine taciuta da tempi ormai privi
di senso, abitudine e ritmo, privati dei giorni più veri.
Rimane nel tempo un silenzio stranito cresciuto nel vento più cupo e lenisce
dolore, scalfito da critiche insulse e perverse che tramano in vuoti sorrisi
di lise amicizie di nebbia, truccate da spose all'altare del vano, profano,
silente padrone del mondo chiamato egoismo, genitore di
uomo
solo

perso
prono
primo autore di rumore
che detesta e non sopporta,
trova pace nel calore
di un grammofono a colori
stinti da scialba tristezza, taciuta a parenti ed amici,
cresciuta nel glabro tremore di un tempo a misura di topo,
e dopo che il buio è svanito rimane soltanto il sapore
di un freddo riflesso, di istinto represso da anni di sola abitudine
a grigie città di rincorse e lavori, valori velati da autori vigliacchi
e sparuti ritocchi e rintocchi si placano in tempi ormai lunghi per
esser tenuti in metronomi zoppi e incapaci di moto sincronico e lieto
ride
osserva
e nuota
in acque che rimangon quiete
anche quando piove ghiaccio,
che si rompe in mille gocce
di cristallo e fuoco dolce.
Mi culla una stoffa di suono, tessuta da unicorni e chimere,
le mere ambizioni di cenere, che volano insieme alla morte,
riportano a pensieri più lievi, le teste di chi non le vuole
tenere per mano in una sequenza di limpida organza e ricamo di seta

leggera e volatile preda di incubi stanchi e di mostri
ammansiti,
dimostra di essere vivo e rinuncia a piaceri di semplice oro,
ignora l'effimera danza del tuono che avanza e rimani
legato al tuo
vero
caldo
esser
uomo
cresci in note nuove e piene,
lascia agli altri nervi e rabbia,
calmo agisci perché chi ami
viva in te e nel tuo ricordo.

Perché
l'ansia è un rumore –
non cambia il domani, ma
rovina l'oggi.

IN CHRYSALIS

« Accetta e sappi che niente ti è dovuto, non aspettarti che delusioni e difficoltà, ma il grazie migliore che puoi è fare il possibile per cambiare le cose »; non è presunzione di poter CAMBIARE IL MONDO, *ma semplice agnizione di poter cambiare il mondo, anche solo per l'effetto farfalla, in fondo.*

Il vero senso della parola

In principio
era il bello,
lampi di forzaenergia,
luce e nulla in lotta
mangiarsi e rotolare per vincere
in un'esistenza che comunque è già.
Questo è ciò che dimentichi:
siamo, perché siamo.
E non: dobbiamo essere, perché avremo.
Bene, perché bene per quanti più puoi,
adesso e anche poi.
Non: concedo, per eterni giardini,
o settantadue imeni.
È che è ovvio tu vinca battaglie
se le tue più che assolute
verità supposte,
che padri inculcano a infanti,
van vanificate da chi
non se le è, come te, inventate.
Non nego l'aiuto che dai,
non dico ti renda cattivo,

tutt'altro, se può farti migliore,
chi son io per tarparti ideali?
È che pretendi l'assoluto
mentre in Yin c'è Yang
e il contrario.
Che, si sa, l'Utopia è utopia
perché l'uomo non è un essere umano,
ma centro ed ego e super.
Se nego, è più per dogmi e strutture,
per il far leggi degli ovvi consigli,
ché se posso, al mio prossimo,
faccio anche meglio,
perché diciamocelo,
un po' io mi odio.
Porgo pure questioni
su questi eoni di storie e nozioni,
di nazioni promesse e messi,
di masse e messe,
ma messe alle strette
'ste sette son tutte lì a dire
che questo è da interpretare
e quest'altro è più letterale,
finché non butta male,
e allora non vale e va levigato,
e levato da un voto elevato a veto.
È il vuoto di vetro che vi spaventa
mentre io amo il pieno e ci entro,
il « ci sono », e questo a me basta.
Il rispetto è l'unica legge
che siam tutti tenuti a seguire,

e non servon spiriti per capirlo,
ma occhi e sensi e domande.
Se poi io,
metti caso, sbagliassi,
non sei tu
che ti dici campione
nel saper perdonare?!
Che per donare ed essere cura,
non serve che averne.
Che perdo, magari, ma a me
per ammetter di poter fallire
non serve alcun dio o signore,
se ignoro è sapere in potenza,
non paura di perder potere.
E potrei ancora dire
di re e reati,
prelati e relazioni,
delazioni e crociate,
crocifissi imposti,
imposte evase,
risposte evasive...
ma vi vedo esausti
e non sarò mai esaustivo.
È che vivo e per me
il valore di una persona
è, per sua natura,
la somma di tutti i sorrisi
che lascia a chi non chiede niente.

Città

Io, da città, non sono.
Sono per spazi in cui aria e respiro
s'amino in ami ed esca,
ed esca l'alito
in nuvola fresca.
Sono da panchine,
io,
ma non su quadrati di parco,
con parcheggi attorno e alberi contati,
son da panchine sul lago,
io,
di quelle che ci giocheresti dagli anni bambini,
all'età in cui ci ritorni
coi ricordi di ricchi inverni,
di rochi echi
e di chi è rimasto,
per perdersi in niente.
Sono per le montagne,
io,
non i palazzi.
Aprire il portone e non vedere il cielo,

per me è prigione,
grigiore,
ghigliottina per sogni.
La fretta dei nervi con scarpe lucide e vestiti altrui
(perché mai « mio » un completo, è « di Gucci »
o « di Versace »),
la fretta, dicevo,
spaventa ogni gesto nel me che ha bisogno di tempo per
scelte e pensieri.
Da calma, son io,
di quella amica,
in cui scendi e ti stendi
e che accoglie e scioglie
in dondolio d'oblio,
amaca a cui manca il suono
per collimar con il mare.
Da verde diverso da collina a collina,
son da neve sui campi
e da cambi di vista dalla stessa finestra.
Non capisco le vie tutte uguali,
gli scorci dei corsi, corti e ritorti.
Ricordo i percorsi per cortesia di cartine
riposte in tasche che conosco assai meglio
delle miglia di muraglie
che vaglio e navigo
sempre straniero.
Sono da boschi
e nuvole, da indovinare nell'erba,
sono da prurito alle gambe,
per le corse e il fiatone,

che gonne lunghe di prede cacciatrici
ti rubano e moltiplicano,
ti mozzano e amplificano.
Da aquiloni,
ecco,
son da aquiloni,
io.
Voi cittadini siete da automobili,
scatole veloci e mai abbastanza,
che chiudono il mondo fuori.
Io,
il mondo,
lo voglio dentro.
Siete fatti di numeri, voi,
non di nomi,
siete vicini e mai visti,
siete rumori sordi di disordini in porzioni ridotte.
Dai locali ai loculi, andate,
voi che vivete vite senza spazio.
Pazzi, voi siete,
che bevete quel bigio relegarsi in routine di ruote e riti,
da aperitivi a privé.
Privati vi penso,
del senso di pace.
E invece
non è un secondo, che capisco l'errore.
Ecco cos'è libertà.
Non nascere fortunati e incapaci di capirvi,
ma trovarsi chiusi in metri quadri
e anelare sguardi e quarti d'ora.

La qualità d'un abbraccio
non viene da quanto lunghe,
natura,
m'ha fatto le braccia,
ma da quanta cura ci mette un bambino
che cresce al sesto piano scala b,
una volta scoperto
tutto ciò che non ha mai conosciuto.

Gli artisti

Astanti in istanti distanti,
d'istinti stinti,
distinti dai tanti.
Destinati ad estati esitanti,
esistenti in ansiti estinti,
mai restii a esser tristi.
Pronti a restare intrisi
dei restanti riassunti
di triti stereotipi.
Topi troppo resistenti,
per prendersi i resti.
Egoisti ridicoli,
piccoli riccioli di pellicole spicciole,
incapaci di abbracci sinceri,
per timore d'impicci.
Inficiati da citazioni infelici.
Impiccati in piccoli spazi
che tarpano voli pindarici,
ma sempre capaci
di levarsi d'impaccio,
autoaffermandosi tali.

Marcello è sempre più blu

Il tempo, poi, aiuta,
perché uno sembra sempre migliore,
dopo,
ma non credo sia quel vecchio
aimieitempieratuttacampagnismo
è proprio che tu
c'avevi le palle, Marcè.
Tuo marito,
manco il tempo d'averlo capito...
sparito.
E poi ti rifiutano,
ti trattan da duchessa fighetta,
ma mi ti vedo tutta imbrattata,
impolverata e soddisfatta,
ma insicura e pronta a smettere,
più per quel che dicono che per la voglia.
Ma c'è un qualcosa che, forse,
davi troppo per scontato,
e lo vedo più lampante proprio oggi
in questo tempo in cui ti scrivo;
le tue mani han dato forma a pietra viva

più eterna d'ogni arte e già caduca,
hai superato molti più inverni
di quanto faran tutti 'sti cantantelli.
Che magari anche tu eri spocchiosa
e a viverti non t'avrei scritta,
ma a me pare che in rapporto,
tra te che fai Pizie e ami pittori
e i mille hipster che criticano chi crea
(come se l'odio avesse intrinseco un valore),
tu hai riempito un po' 'sto mondo di bellezza,
mentre tutti ormai sembrano avere
il sol valore di credersi stocazzo.

Matematica delle relazioni

L'amarsi è la ricorsione di un differenziale,
come la temperatura ottimale dell'acqua in doccia.
Non un punto d'arrivo, ma una ricerca.
Il fulcro è il tempo:
causa e cura d'ogni cosa;
non certo lo spazio.
Se le urgenze comunicative di una donna
sono direttamente proporzionali alla distanza tra voi
MOLLALA
è tua madre reincarnata.
E non temere il restar singolo,
perché non funzioni cartesiano,
uno e uno, a volte danno uno
o infinito,
a volte due e mezzo,
quando te lo puoi permettere
anche undici,
ma la maggior parte delle volte
danno: uno e uno,
perché la compatibilità di un essere umano con un altro
non è quasi mai commutativa.

L'insoddisfazione
è un problema sistemico e sistematico nelle previsioni,
non nel calcolo.
Purtroppo su questo piano, il valore di una persona
non è dato da coordinate,
ma da quanto essa superi o non raggiunga le aspettative di chi giudica.
È questione di limiti
considerare solo noi stessi come costanti,
quando si sa che le persone non cambiano,
al massimo imparano.
È sbagliato quanto dimenticare
che la colpa è sempre distribuita.
Sappiamo tutti che in principio, come pavoni,
ci lanciamo in operazioni e sommatorie,
quasi a cercare di sembrare potenze,
calcolando le probabilità di accoppiamenti,
ma sottraendoci all'ultimo passaggio
per paura di moltiplicarci.
Ma poi il tempo semplifica,
a volte risolve
altre non fa che dividere
o rivelare irrazionalità
e valori negativi.
E perché funzioni,
nell'insieme,
a noi varianti
servono i simboli
per capire le espressioni.
La semplicità di un rapporto interpersonale

è inversamente proporzionale
alla capacità dei soggetti coinvolti di farselo bastare,
proprio come più si ha
meno si è capaci di ammettere di poter essere felici.

ERO LAME, E L'ODIO

Nonostante insieme a calore, pace e nulla, il cordone sia ciò che perdiamo per primo, lo sguardo e il valore che diamo a noi stessi, s'incentra al centro. Crediamo l'esistere un merito e il tempo, denaro, come se questo avesse davvero valore.

Smettere di pretendere che tutto ci sia dovuto è il salto primario, più netto, forse, ma necessario.

Nel suono esiste una forza più grande del comprensibile.

Musica maieutica, accetta il più pieno dei miei grazie.

Perso qui

È tempo io cada
ché non capisco più
perché io lo faccia?

So di non sapere
fare
nulla
provare al meglio
è l'unico modo

salire,
e non so nemmeno
perché
attendo tu cada.
Il tempo
non cambierà nulla

Perché fingiamo cura,
quando tutto è per noi?
Credi tuo quel che vedi
ma hai dimenticato

di dovere il mondo
a chiunque ti guardi,
ricordalo,
quando ti chiedono aiuto.
Il mondo ti ha
e non il contrario.

salire,
e non so nemmeno
perché
attendo tu cada.
Il tempo
non cambierà nulla

A nessuno importa
se non valgo nulla

salire,
e non so nemmeno
perché
attendo tu cada.
Il tempo
non cambierà nulla

salire,
perché?
Il tempo
non capirà nulla

Aprile, palpebre (distimia)

Non ho vissuto che bruciori e ore buie in ciechi
vicoli di rumore sordo e bieco come pece
densa di attimi rimasti a fare mosto e vermi
mai sazi e avidi di vite che non avrò mai

gli spilli d'occhi che mi piegano a esser chiuso
indagan carne e carpiscono segreti e abusi
di poche regole che ingoio e sputo e piego e sfrutto
per non sentirmi mai colpevole di esser niente

dentro quel che non c'è
scelgo incerti perché
ancora
per sempre in me
sei sorella blu,
epitome
d'egoismo, e tu,
piove,
vesti nero écru
non me
seppur nulla più

resto disteso nella cella che m'hai costruito
perduto e fiero e senza forze credo d'esser mio
ma non è un soffio che si spezza quell'ordito vuoto
che m'hai tessuto stretto attorno e, solo, ora vedo

dentro quel che non c'è
scegli incerti perché
ancora
per sempre in me
sei sorella blu,
epitome
d'egoismo, e tu,
piove,
vesti nero écru
non me
seppur niente più

Come sparire

Sei nuova immagine
di vuota realtà
vacua e inutile
perso in esser te

primo limite
invalicabile
resto ego e non
sporco l'io

e non rimane
che l'essere niente,
gridare
finché avrò una voce
che l'anima è intuizione di sé
e l'ora
è il tempo che muore

noi, primo battere
di ricordo blu
piccola città
vive e muore in sé

fossi qui con me
prenderesti il che
per non cercarlo più
nel porto mio

e non rimane
che l'essere niente,
gridare
finché avrò una voce
che l'anima è intuizione di sé
e l'ora
è il tempo che muore

va tutto bene
non c'è niente da recriminare
ma io non so
se valga ancora la pena lottare
e non c'è niente che
mi faccia stare bene
se non restare qui
a vedere tutto ciò che c'è bruciare

Ieri era nero, domani a chi importa

In orbite... fiere,
e feretri bianchi,
bufere
e giorni di lampi,
lambiscono e strappano
il calmo inspirare del solito,
lo sputano
nel vortice pieno
di un'abitudine
subdola e infame.
Fa fame il trovarsi inutili
in utili ritmi
serrati da altri,
gabbie invisibili
che temiamo più di noi stessi,
che le abbiamo create.
E l'arte di sapersi vendere,
credendo che questo sia il solo modo per acquistare valore,
non ha onore
ora, o mai.
Ormai siamo sempre altri da noi,

e giochiamo al crederci unici,
terrorizzati dal sentirci dire diversi.
Eversivi
ma mai verso il vero,
orgogliosi di seguir solo l'io,
soliloquio di un dio rubato,
senza mai andare a fondo.
Onde
non diamo
per timore del vuoto,
ci votiamo all'amore
per pura paura
di non esser capaci
di poterlo provare.
Senza sapere... niente.
Intenti sempre
a tentare di uscire
per riuscire a scucire
legami,
amiamo a comando
colmando vuoti a perdere.
Per ore
irroriamo i ricordi
di accordi e rumore
per dirci migliori.
Ma ignoriamo
che siamo
soli
negli occhi

di chi
ci accetta.
E senza fretta
infliggiamo assenze
banali
analizziamo essenziali
in barlumi,
in bar luminosi,
noiosi
noi osiamo
o siamo travolti
tra volti lividi,
li dividiamo tra liti,
traditi ritiriamo arti,
convinti di diritti inventati.
In ventri
vuoti
viviamo
vinti.
Con venti
contrari
irati
diamo colpe
a colpi di amore.
O reagiamo
già morti
per avere il potere
di essere e avere
il potere di essere

e avere il potere
di essere e avere
il potere di essere
e avere il potere
di essere e avere

ATTI, VITA

Comprese le dimensioni, non ci resta che agire per sperare di contare. La spinta non deve andar cieca dietro altri, ma capire e scoprire, imparare e costruire.

Forse è stupido, ma ho sempre adorato sapere di lotte inutili, di giustizie spezzate, di verità schiacciate da Golia ebeti; forse perché non credo in spettatori giudicanti, o forse perché nell'atto è intrinseco il grazie per il passato, ma vorrei non aver più incubi di mancanza, d'insufficienza o di silenzio.

Vorrei saper avere il riposo pieno del vivere onesto.

*UCIMU**

I wonder
why should we
be slaves to time and money
'cause we have
just one life
and we spend all of it denying
that we're just here by chance
and there's no evidence
of any god or will
to invoke right while you kill

it cannot be your faith
the answer to those many questions

* *UCIMU*
Mi chiedo / perché dovremmo / esser schiavi di tempo e denaro / ché abbiamo / solo una vita / e la passiamo tutta a negare / che siamo qui per caso / e non c'è prova / di alcun dio o volere / da invocare mentre uccidi / non può essere la tua fede / la risposta a tutte quelle domande / o le tue preghiere / a salvarci dai peccati che hai inventato / è tempo che tu ammetta / che è la paura a dar significato alla tua vita / I lucchetti impediscono al mondo di entrarti dentro / Io vivo la vita senza mentire / perché so che siamo nel giusto / quando facciamo del nostro meglio per far splendere le persone che

nor your prayers
to save us from the sins you invented
it's time you admit
it's fear that gives a meaning to your life

Locks keep the world from getting inside of you

I live my life without lying
'cause I know that we're right
when we do our best to make the people that we love shine
so keep that in mind
life is just a ride
respect is the only law that we are meant to follow

this system's
not working
there are still people starving
no water
no hygiene
and you complain 'bout going to school
our lifetime should be spent
to enhance our knowledge

amiamo / perciò tienilo a mente / la vita è solo un giro di giostra / il rispetto è l'unica legge che siamo tutti tenuti a seguire / Il sistema / non funziona / ci sono ancora persone che muoiono di fame / niente acqua / niente igiene / e tu ti lamenti perché devi andare a scuola / dovremmo passare la vita / ad accrescere la nostra conoscenza / e scoprire come andare / nel luogo in cui l'umanità potrà prosperare / Cazzo, sei in ritardo / ora le persone ti si rivolteranno contro / non c'importa / dei tuoi soldi e della tua religione / è tempo di condividere / la libertà dalla tua terapia di lavaggio del cervello / come può, spendere soldi in droni e bombe, / essere un passo verso un

and find out how to go
where humankind will prosper

you're fucking late
people now will rise against you
we don't care
about your money and your religion
it's time we share
freedom from your brainwash therapy

how could spending money on drones and bombs
be a step towards a world of peace?

I know it's easier said than done, but we've got to rise up and take back the true laws that should rule the world. We're just an accident, and we don't own nothing, we're one sick, sad animal, but our brain should handle our dystopic egos.

Keep yourself from wasting time, 'cause we're not here to stay, enjoy your life and think about what we really are
You
see?
I
am
you

mondo di pace? / So che è più semplice dirlo che farlo, ma dobbiamo ribellarci e riprendere le vere leggi che dovrebbero governare questo mondo. Non siamo che un errore, e nulla è nostro, siamo un animale malato, triste, ma la nostra mente dovrebbe governare i nostri ego distopici. / Trattieniti dal perder tempo, perché non siamo qui per restare, goditi la vita e pensa a cosa siamo davvero / Lo / vedi? / Io / sono / te

Contra

Allora parlami di altre identità,
Che non ho visto e che non vorrei
Non c'è mai fine alle pieghe della realtà
I tuoi problemi non sono mai i miei

Non vale niente esser padroni d'un incubo
Quando ormai i topi scappan dalla stiva
Quanto sei grande nel tuo esser improbo
Mentre in milioni ti gridano evviva

Inganna, prega e guadagna immagini
Di altri te che non san far niente
Se non odiare e vomitare ai margini
Chi fa paura è quella brutta gente

Non serve a nulla guadagnare al massimo
Se tanto muori come tutti noi
Avrai goduto del tuo essere un attimo
Ma cosa lasci?! Meno aria e poi?!

E dimmi a cosa servono i confini
se non a crederci e a non superarli
hai sempre invidia e odi i tuoi vicini
finché non scopri che è meglio imitarli

E non chiamatela rivoluzione
Procrastinare un'ipocrisia
Racchiusa nel concetto di nazione
Un'idea che non ho mai fatto mia

All'evoluzione senza padri e senza idee
sta la rivoluzione senza patria e senza dei

J H

Per una Spoon River *dei migranti*

Amir aveva i numeri
in quei suoi occhi, scuri, che mangiavano il mondo.
Voleva spiegar tutto verso l'alto,
e tanto aveva, che quel che gli mancava era come se non esistesse.
E mi batteva in testa a ogni passo, ridendo quel suo ridere totale.
Invece è stato il sole, nel correre il deserto, a dirmi quel che forse fa più male:
vogliamo ciò a cui diamo più valore, come se, nel mondo, uno non valesse
sempre uno in mano a qualcun altro
e ora, in mezzo a zero, è nulla chi va a fondo
in urla mute e amori ormai di ieri

Pandemia

Il male: è l'abitudine,
sorella a lama doppia,
t'assuefai
e bevi tutto, perché
danno danno
e a mano a mano che passa
di mano in mano infetta,
quel che avrebbe dovuto esser mezzo
è il fine
e fine s'affila e s'infila ovunque.
È la fine.
E quando un corpo è cancro
nero e fiacco
sconfitto
tace.
Giace, inerme, l'imberbe bebè che non cresce
non riesce a capire
l'immane mash-up di nozioni,
nazioni su crack imminenti,
e impotente ingoia
pastoia di gioia mutuata,

in monodosi confezionate
pensando di esser padrone,
d'un futuro a forma di furto.
Non vuole, ma deve, ripete e ci crede,
s'adegua e subisce
capisce e respinge la sfinge del finto Eldorado
di rado raggiunto
dirada radure di rudimentali strumenti
per menti più che elementari.
E mentre si mente non vede che è solo e solo rimane, inane
e incapace di pace.
Dispiace sapere di essere parte di sperequazioni inumane
perpetrate da orde di tristi tutori
di un ordine ordito dall'oro
chi calcola, conta,
chi crea è colore che cola su coltri di cancro
e catrame tra trame di carte
e l'arte d'arpia, si espande, è mia!
Mai sazi di dazi, faziosi si fanno
oziosi fautori di pedagogica analisi errata,
contrari alla logica del credersi uguali
maiali,
senza offesa per i porci,
ma porci domande sarebbe il minimo
in principio di crisi perenne.
Non saremo mai salvi nel mondo
se non salveremo il mondo da noi

E poi poli

Relativi a relazioni tra rêves e verità
che evitiamo per amor proprio,
proprio perché poveri dentro.
Entro troppi trompe-l'oeil
c'illudiamo di noi
noiosi noi, oh sì.
Si tu puedes respirar
you are of this world
words are like birds
(and bird is a word!)
brez države
avevamo un'idea,
aver unità
entre nous
ma non sappiamo accettare che i sogni
son nuovi suoni solo se
nosotros somos uno
come stormi che formano
foam in the breeze
too busy in the act
of actually going

that stopping
and ground
are an accident.
Accenditi
e scopri
che il senso
è scoprirsi.

DA ME

Le parole sono il gioco con cui mi diverto da sempre e che non smette mai di stupirmi, sono come amici che ritrovi e scopri e con cui qualcosa è sempre possibile. Staccare e riattaccare diverso, mettere perni su cui far girare più sensi, dare ritmi, toglierne. Vorrei poter e saper giocare con tutto, come mi viene da fare con le parole. E forse anche questo è uno dei cambiamenti possibili che vorrei: niente è sacro, perché niente è sacro.

Nutella

Ci intingi le dita e dipingi la vita in vita,
eviti invitanti ventri devianti,
vai avanti e ti avvicini ai voluttuosi risvolti del velo,
con cerchi e archi,
cerchi volti voraci e rivolti al cielo,
che veloci scivolano vicini
e ci volano con voleri ai tuoi identici,
i denti ci regalan sapori su pori
e in gola lei ingoia
la gioia in crema di nocciola,
che sgocciola in bocca
e sboccia in faville
    su papille.
Supplizio dolce
in levare.
Le pupille sazie
s'alzano e grazie a
movimenti peristaltici,
in momenti, per istanti,
ci stanchiamo a gustarci
l'un l'altra in mantra di ansiti

su anse di vestiti.
E titilli idilli di veli penduli
inseguendo in segni di sogni
i sani seni sodi,
s'ode ogni suono di respiro asincrono,
si incrocian incontri di incastri incerti.
Resti, in certi corti scorci, ad osservare
il mare di aroma d'amor amaro
e il rumore di remore che tremano
in membra in ombra.
La pelle d'ambra
d'ambrosia imbratti
e i brutti pensieri di ieri
sono andati perduti.
Per due minuti,
muniti di minuti vasetti
versate flutti di vellutata
passione, in versione marrone,
con meno mani di quante vagliate,
ché non è vaniglia, ma voglia,
a svegliare i virgulti che siete.
La sete che in voi si sente
è il sunto di un mondo
tanto vario che, in fondo,
si riduce a un unico antico
atto, e a un tratto indolore,
anzi stupendo:
il sapore.

Belle

Rivoli limpidi
di voglia su pelle.
Sorridi imbarazzo
d'esplosione di senso.
Il freno è parte del gusto,
forza non-forza in ricerca.
Respiri mozzati scandiscono
sogni in andata e ritorno,
entrarsi è traslare da abbraccio
a laccio che stringe e trasale
e trarsi d'impaccio cercandosi in sale
che rimbombano animi e slanci.
Baci di fianchi in schiocchi morbidi.
Torni al te che sempre celi
con cieli negli occhi
e tocchi
nuovi
veri
ami

Èreazione

Che forse è vivere, o un altro errore,
ma anche l'autunno,
oppure quando spegni la luce e c'è quel secondo.
Che tu magari mi dai quei tuoi baci
e gli abbracci che sembran mancarti,
o quando a mancarmi, invece, è il fiato.
Che ci sei, o no, magari... ecco, più quando magari no.
Ma a volte anche quando ci sei,
che ti guardo
o fingo di non farlo.
A volte anche la pubblicità,
e non so perché.
A volte la pubblicità ha la musica
oppure è solo la musica, senza la pubblicità.
Sì, la musica tanto.
O i film, o i finali dei film, o i titoli di coda.
Magari anche una frase sola, che poi ti perdi il resto del
film.
Che poi non ti dico i libri
a volte le pagine, io, non me le ricordo,
allora torno indietro e le rileggo,

che mi dico: « che ci fai a questa riga,
se non ti ricordi le quaranta precedenti?! »
E torno indietro un po',
ma poi m'accorgo che anche quelle
mica me le ricordo.
E a volte lascio lì.
Ma, davvero, non so il perché.
A volte è il treno.
Che poi in treno mica puoi,
ma ti viene, che puoi farci se ti viene?!
E guardi fuori e gli alberi son fantasmi
come i ricordi che non riesci a trattenere.
Ecco.
I ricordi...
I ricordi infinitamente.
Quelli che hai, quelli che mancano, quelli che mancano
perché ce li hai.
I ricordi, infinitamente.
O le gambe,
le gambe hanno quella cosa che, diavolo.
Le gambe vanno,
hanno quella cosa che vanno,
che ci puoi fare?!
E a volte, mica sempre,
a volte, a me, quando le cose vanno,
non so perché,
giuro, non so perché
ma a me, mi viene da piangere.

La donna perfetta

tutto ciò che sai, sai fare e sei, e che manca, quando non ci sei

Tu mi fai venire voglia di essere migliore
Tu mi fai venire voglia di essere
Tu mi fai venire voglia
Tu mi fai venire
Tu mi fai
Tu

Voglio ciò che vuole chi voglio

Perdermi in pelle non mia,
questa notte, vorrei.
Per non essere ancora a decidere
quale io sia:
il semplice e lento ritorno di abitudini calde,
o il sorriso di note diverse a ogni giorno che sorge.
Perché degli opposti non si può esser sintesi?
Accettarsi per le virgole veloci che siamo,
senza pretendere di possedere, ma con la libertà d'essere altrui;
imparare a conoscere muscoli e stupirsi dello scoprirne altri;
giocare all'esser seri, e piangeridere i ricordi.
I semi, le pietre e i progetti,
prenderli forti come i respiri in amore,
mai uguali e già persi, rincorsi, donati.
Mangiare ogni esperienza,
costruire tepore in abbracci,
lasciare che lampi ci deviino,
calmare la sete di enormi occhi bambini.
Forse è supporre certezze, il passo sicuro che serve,
non tendere mani che sai salde di forza mutuata;

rubare battiti, fender polmoni, trovare altre vittime,
non regalar libertà,
come sogni da sempre,
come domani non fosse.

Di lei solo il corpo

Sinuosa s'insinua
s'inarca, s'impenna,
sirena di Siria
s'arena serena.
Su stanco sopore
sapore si perde,
su membra supine
si posa e si placa.
Seppur smaniosa,
sa stare e tacere,
sa prendere e dare
senza pretendere.
Stende cosce e muscoli,
spende assenze,
stringendo a sé
strani segni soffusi.
S'adagia adagio,
s'adegua a plagio,
si piega e spinge,
senza pause dipinge
su tela di sogni

storie e sonetti,
scarica tensioni
su tendini, spossata
s'arresta ansimando.
Sospira e geme,
soggiace e trattiene,
sostiene e permette,
smette e riprende,
sorprende e solletica.
Scivola e s'inchina,
solleva lo sguardo,
sorride sincera,
s'arrende e, lasciva,
saliva seguendo istinti.
Si lascia alle spalle
segreti e paure,
scopre che suggere
somiglia al conoscere;
saper amare
significa anche
saziarsi dell'altro,
spegnere e accendere
sensazioni di carne,
senza azioni sbagliate.
S'adombra per remore
senza fermarsi,
s'accorge di gesti
sempre più egoistici,
si convince di essere
soltanto dubbiosa,

si fida, sbagliando.
Sicura, si cura di dare piacere,
speranza si scioglie
senza esitare.
Si ritrova svilita,
stuprata nel cuore,
stracciato dall'essere
spergiuro e traditore.
Si copre perduta,
singhiozza piano,
si chiede se siano
soltanto sue idee,
sino al russare di lui:
simbolo primo della
solitudine umana.

RISPETTO

L'equilibrio è l'opposto dello stare fermi. E le forze insite in esso sono ciò che spiega al meglio i rapporti. Io sono, grazie a chi è stato e chi è in me, perché cerco di non essere ciò che ferisce e perché cerco di tendere a ciò che spero doni bene.

Ciò che è difficile guadagnarsi è ciò che dovremmo dare a tutti, sempre, senza pensarci.

Dissolvere (angoscia sublime d'attimo vivo)

c'è,
nel senso del silenzio,
quel non essere che amo

AMARTI

Dalle minuscole particelle di sensazione, alle ondate di inarrestabile bellezza, questo strano mondo mi ha donato le più grandi spinte e i più forti colpi al plesso solare. L'anossia sa essere sublime. Gli strappi, dopo i giochi e le carezze, spesso sembrano torti finali, ma quanto è bello scoprire che si può andare ancora oltre?

Anche nell'accettarsi.

Mattino di amante

Seno ambrato
inerme e perfetto
in sonno blu
sotto lenzuola leggere,
sopra braccia spossate.
Peluria infantile biondiccia,
di sole ricordo,
di velluto essenza.
Le labbra mentono risveglio.
Mentre trattengo il fiato
congela nel tempo
questo mattino diamante.

Quando non mi guardi

Quando non mi guardi son bello,
lo giuro,
è una cosa che non so com'è,
è un po' come il parlare:
sono intelligentissimo
quando taccio.
Quando non ci sei, non è che mi manchi,
perché ti ricordo,
non si può nemmeno dire che io ti pensi sempre,
perché a volte faccio anche la cacca, per esempio.
Se vuoi ti dico che ti penso anche quando faccio la cacca,
ma oltre a non esser lusinghiero, non è nemmeno vero,
quando faccio la cacca sto bene e penso che non ho nulla da leggere, o cose così.
Quando leggo sto bene e non ti penso,
quando non ti penso, a volte, sto bene anche se non ti penso,
quando sto bene è perché ti sto pensando,
o sto leggendo.
O sto facendo la cacca.
A volte sto bene anche quando non faccio cose

e non vedo gente.
A volte non funziona l'*a volte*.
A volte ci son cose che ci funziona il *sempre*.
Il sempre e il mai non valgono, di solito,
ma, sinora, non c'è stata volta
che io non sia stato bene a far l'amore.
Per esempio.
Quindi vale che quando faccio l'amore sto bene sempre.
E « non t'ho mai vista come mia ».
Ecco, qui funziona il mai, anche se non vale sempre.
Il sempre sembra sempre, perché riempie i vuoti.
Quando sei abbastanza ricco da poterti permettere di avere i vuoti,
allora ti piace pensare che in quei vuoti ci sia sempre lo stesso pensiero.
E allora dici che la pensi sempre,
ma non è vero.
A volte ti penso quando ti penso e quando c'ho il vuoto.
Soprattutto quando c'ho il vuoto.
Quando non ci sei, c'ho il vuoto,
e la vita fa cagare quando ti accorgi che c'è il vuoto.
Ma il vuoto non c'è sempre,
e allora mi riempio i vuoti di cose da fare e da pensare,
così non c'è più vuoto.
Così non c'è più motivo di riempirlo di te,
che non mi guardi più,
e che mi lasci bello
e vuoto.

D'esitanti baci evitati

Esserti,
in bolla d'abbraccio
che crea e trasporta
trattiene e libera
vitale.
Completare sorrisi
con sorpresa sincera
e tuffarsi sperando di non emergere più.
C'eran davvero universi, fuori dal tuo stringermi?!
Perché, e cosa chiedevano a noi fluttuanti?!
E fluttuando ci chiedevamo cose e perché,
stringendoci per essere, fuori dagli universi,
sperando di emergere per tuffarsi di più
in sincera sorpresa,
sorriso completo,
vitale
libertà che trattiene
e trasporta e crea
abbracci di bolle.
Esserti.

dormimi

Che, gentili, dita posino
in soffice ceramica
il corpo che hai stupendo,
che a tutti basta e in me completa.
Che, piano, il tempo copra
di screzi e onde e fiati
il viso che ora e ancora
m'innamora in ogni virgola.
Che, presto, tu comprenda
la forza che so e ho enorme
capace solamente
d'aver cura che tu leviti.
Che, piccole, le orecchie,
che giochi a mordilabbra,
tremino in sollievo
dei miei « grazie », « ok » e « andiamo ».
Che mai, se vale, ceda
il passo tuo nel vivere,
per salda stretta lieve
che il palmo mio ti bacia.
Che, in te, sia sempre certa

l'idea che io rispetto,
onoro e vivo
l'incredibile cuoreanimacervello
che, lento, ho imparato
esser fratello, figlio e fiato
di quel che chiudo in corpo
e, cosciente, t'ho donato.
Che cosa, ora ti chiedo,
dovrei saper creare
perché tu con me in cammino
non senta mai stanchezza?
Che, subdola, va in noia
nel logoro abituarsi
a giorni, odori e tocchi
di noi, esseri finiti,
che, finti, siam pavoni
e in vero ombre,
innocui eppur dannosi,
incapaci di bianchi « perché no?! ».
Che, ancora, sorprendente
sia domani, adesso e qui
e gli occhi che hai lucenti
mi facciano cenno « sì »
che, idiota, manco di capire
se l'attenzione che mi doni
sia voglia, norma o nulla
e in limbo te tentenno.
Che, ancora non ci credo,
vali e crei e splendi
e torni e manchi e vivi

vicina, forte, risa e fonda.
Che, infine, in me
o in altri, tu
mai assaggi terra, ma
salti tra battiti e respiri
che, infiniti, meriti
e mai bastanti
saprò cucirti addosso,
ma so che puoi capire
che, sincero, ho pazienza
e voglia e forza e ancora senso
per non smettere
e ammettere
che, per te e non per me,
io provo.

Mentre gli occhi ti carezzano

Ormai dormi diorami d'orme,
origami di forme d'ombre,
rami d'oro e odori d'edera.
Ed era mio ardire dir t'amo,
ma ora tremo e temo
tu tiri i remi a bordo,
perda interesse in me,
un essere che sa solo
tessere intere tessere
intrise di te (tenera essenza),
e senza remore te ne tenga a distanza,
danzando da sola
e lasciandomi dinnanzi al fatto compiuto.
Aiuto,
hai tutto intatto
stretto in un pugno,
trattami con tatto,
se tutto è distrutto
dal contatto con il lato brutto di me.
Dimenticami se vuoi,
io non farò mai altrettanto.

sapersi
lasciare
andare

Adoro l'essenza

Avrei voluto conoscerti
che ancora non sognavi,
per perdermici insieme a quegli occhi
nei voli e nei pugnali.
Quando ancora i capelli eran lunghi
e avrei potuto dormirci,
respirarne il sapore di crescere
che avete voi spiriti liberi.
Avrei voluto conoscerti
per capire le scale e quei salti
che i pensieri di ieri intessono in te con certezze, momenti e poi dubbi
inferti col fuoco di mani incapaci di senso del vero e parlare con te di quei crucci
che son diventati i tuoi muri, duri, scuri e pesanti
che ora ci vedon sentirci da parete a parete
con mani che corron mattoni.
Avrei voluto conoscerti...
ma non è stato.
Avrei voluto abbracciarti
nei vicoli che sanno di mare

quando ancora i tuoi sedici anni
davan senso a sempre e mai.
Avrei voluto conoscerti
quando s'impara il valore di tutto.
Seguire conquiste e sconfitte,
scaldare nei giorni di gelo,
trovare quel tempo speciale che ti fa danzare anche quando ti piove nel cuore.
Avrei voluto cullarti
in Irlande di cieli e delfini
assentire, negare, sentire e annegare con te nei ricordi di soli migliori.
Ammirarti cantare.
Avrei voluto volare
nei baci che t'han resa speciale,
nei vini che ti sanno apprezzare,
nei giorni di scuola e di quiete,
che hai preso per mano e posato, in lettere spedite alla te del futuro.
Avrei voluto viverti
da lontano e da sempre,
come le musiche dolci dei grandi,
quando ancora eri in un'altra persona.
Avrei voluto e non ho.
Come è giusto che accada nel caso.
E come nel caos ci si scontra,
è inutile tentar di fermarsi a vicenda,
il tempo è fatto per correre istanti di vetro e di giostre
e dimostra la forza che ha alleviando dolori,

ma, sconfitto, sorride disarmato, quando stringo il ricordo
di te.
Avrei voluto conoscerti
quando sbocciavi.
E scrivevi, con petali dolci,
che libertà non è solo abbattere muri,
ma anche costruire sorrisi.
Avrei voluto ci fossi,
quando in tutti cercavo i tuoi passi
e capivo che in fondo importa solo indossare i secondi
diamante,
per aiutarsi in quelli di buio
e se anche si è con promesse,
il bastarsi non è un compromesso.
E ora che so che tu esisti
sono fiero di avere vissuto.
Perché questo è tutto quello che ho sempre voluto.

ARTI

La vita è troppo breve e la tua merda non vale di più.

Ricordi

Pare quasi che il sole
non si voglia svegliare.
Ho steso i sogni,
ma non asciugano mai
colano sangue
e piangono ancora.
Pare quasi che il sole
non si voglia svegliare.

Cancelli

Nascondersi in parole altrui
per scoprirsi
con senso.
Senza nodi e corde tese da tracciare
ma arterie e labirinti,
intricati corpi solidi
di soli e vasi.
E soli esuli silenti
restiam ricordi divisi
di visioni,
eversioni di vocali
consonanti.
Con sogni
d'ogni suono,
siam con fusi
tra mani e trame.
Magici animali fragili
ci libriamo
in libere spirali
leggere.

Leggere
come pace profonda
come fosse respiro
come unica azione

Al pallido re che faceva cose divertenti

Avevi vivo vuoto
nel fondo di quel tuo cercare
in te eri infiniti
gesti, azioni,
lettere
e resti
il respiro mozzato
di chi ha creato universi
verosimili, risibili, chiari
per chi, incapace del tuo percepire,
rimane ad amare consapevolezze.
Incredibile
come fluissi in ogni senso
e quanto sapessi di essere.

Sul tempo

Blu come il canto
in tre quarti andante
di inverni privato,
come d'ombre fumante,
di fuoco vestito
di sogno pesante.
Come ignaro e canuto,
saggio viandante.

Non credi di essere preso dal tempo
perso nel vuoto di un passo spento
tempo perfetto, del cuore, del petto,
del sangue che scorre nei rami del vento

che corre veloce così da diventare strano
cadente in un punto di pianto oltre il punto di quattro
intimo amore di chi cerca idee in iperuranio
dritto andar fieri di esser più che normali, sbagliando.

GRIDO

Tutt'altro, credo di vivere rubando aria e lasciando lividi.

Ma tanto è povero, il mio vocabolario, di termini per il bello, tanto è semplice figurare il dolore, l'orrore, il rumore e la corrosione. Il male è semplice.

Se tu, un poco, riuscissi a tremare ancora

Parlami, di quelle mani
di pietra e lama,
che in buio di suono
t'hanno zittito i sogni.
Piangimi ogni colpo
di carne e voglia,
che, ignorante,
ha rapito il soffio
di provare sorpresa.
Chiedimi abbracci
di tempo e parole,
ché solo di questo
sono capace.
Se soltanto...
nulla, se non
il tuo male in me,
e tu
di nuovo
luce di respiri e veli.

Pasticciaccio

Abituale abito d'abitazione nobile,
mobilio immobile,
opulenza palpabile,
labile limite tra apprezzabile e risibile,
in bilico tra biliaco e villico.
Limbico nido di libico infido,
di sbieco, si staglia su bassa collina.
Collima con immagini flebili di un'Istanbul magica;
unica abiura: l'automobile indaco
brilla come stella in subbuglio per scoppio imminente.
Niente umiltà nel bullo imbellettato,
strabuzza bulbi oculari in faccia rubizza
al passaggio fluido di rara bellezza.
Ne propone pronto acquisto,
convinto che il cuore, come tutto, abbia un costo.
Si blocca in un broncio da bimbo viziato,
la bocca grinzosa e la fronte aggrottata,
al rifiuto deciso rifilatogli tosto
dal fiore narciso defilatosi lesto.
Infila filare, di filata, fino al villino.
Villano vaneggia vendette e vitupera,

vigliacco invoca intervento divino.
In divano ottomano, di vino ottobrino,
s'ubriaca e, molesto, mostra il suo lato nascosto.
Il mosto riesuma il mostro.
Incastra lastre su asta lustra,
incastona pietre su piastre e fruste:
« ingiusta » latra, « indegna » mugugna,
« alla gogna » digrigna e guadagna la porta.
Porta lo sguardo in angusta viuzza,
la puzza gli mozza nel gozzo il fiato:
« fidato? » domanda al rozzo individuo,
individuato ondivago tra monnezza, olezzo e spruzzi.
Fissa il prezzo e fissa con disprezzo
il pazzo che accetta l'accetta improvvisata.
Improvvisa, la falce riluce in tralice,
Alice è ferita e non reca prece,
incede precaria per pochi passi,
cade e cede.
Il carnefice accerta il decesso con l'indice,
indice a se stesso un processo sommario
recide la cute, si percuote ed incide,
indeciso se uccidersi o chiedere lumi
a chi commissiona simili scempi.
Alla vista del viso il senno è perduto,
condannato colpevole del più grave reato,
il reietto s'arreca « seppuku », lasciando impunito
chi invece è fece.
Farcela è facile al mondo d'oggi,
falsi e furbi fanno i passi più turpi,
turbando alcuni, deturpando altri.

Raggiri e intrighi ingabbiano i miti,
militi ignoti di liti ignobili,
mitili inutili mangiati dagli utili
di molti politici e magnati futili,
elettisi giudici ma peggiori degli ultimi.
Non resta che esser diretti e sicuri,
presenti a se stessi sempre e comunque;
pervasi dal senso più sereno di tutti,
ossia il lottare sino al sonno dei giusti.

For me

« Ehi tu, questo è quello che sei
negli occhi giudici
ehi tu, non vorrai tenerlo giù
puro veleno
non sei mai come vorrei
ingorda e debole
non fai che dire "potrei"
e niente regole »

fili e pelle, gocce di posso sul bianco del niente
fili e perle, divorami ancora ed esplodi nel ventre
fili e stelle su nero leggero e respiro si perde
fili e stille, condanna di garza a sentirti ora e sempre

« Ehi tu, parlami ancora di noi
indivisibili
ehi tu, non lo fare mai più
scuse puerili
muoviti e fai quel che puoi
ma tanto è inutile

la forza cede a quel che vuoi
maschera in fragile »

fili e pelle, gocce di posso sul bianco del niente
fili e perle, divorami ancora ed esplodi nel ventre

« Non ho che te
per esser me in
fili e stelle su nero leggero e respiro si perde
fili e stille, condanna di garza a sentirti ora e sempre
ti di-strug-ge-rò con me, nella peristalsi che mente
    m'inverte
S I D S, ho ucciso e ora uccido il mio essere inerte »

Pianti, alle tre di mattina

T'ho vista bambina
in foresta di spettri
splendevi
mentre allontanavo ombre vuote.
Indicavi orizzonti
e al mio fermarmi a goderne,
già eri a cantare a nuova sorpresa.
Ché lento capisco, ma svelto risolvo
momenti che hai ormai perso, per naturale fluire.
Perché ho presunzione di potere,
se ti so migliore?!
Perché m'abituo al sentirti,
quando so che sei rara?!
M'hai dato fili
t'ho reso tela
hai sorriso...
avrei mangiato i mali del mondo
pur d'esser certo d'esser io, un poco,
fonte.
Ed ero troppo preso
dall'averessere tutte le risposte che ancora non chiedi,

per prender la mano
che m'hai posato sulla schiena
lieve vitale.
Ero già corteccia, quando ti vedevo sole ed eri donna.

E tu sei anni

Non ho mai imparato le stelle, papà,
e mi sarebbe tanto piaciuto,
sentir l'erba tagliata che piange rugiada
e le dita stanche che tirano i capelli del mondo.
Come sempre è questione di spazio e momento,
loro spente e sparse
io che le indico e ne disegno i contorni,
più eterne delle nuvole, ma solo di poco.
Non ho mai detto « ti amo » a nessuno, papà,
perché insegnate l'orgoglio?
Quel credere di meritare di più
e perder fiumi di sorrisi e respiri.
Aveva quegli occhi di acqua e di luce,
furbi e vivi, da meritare cuscini;
vorrei una voce migliore per dirlo domani.
Sì, forse domani, forse.
Non ho
mai
letto un fumetto, fumato su un tetto, raggiunto quel punto d'incontro fra resto del mondo e realtà sullo sfondo, cantato a sgolarmi, voluto le armi, saputo adattarmi ai tuoi ritmi

notturni di urne e rumori attutiti, tra fumo e detriti, cucito vestiti, sgualcito lenzuola con giochi proibiti, da chi, poi?! Da chi li ha provati e trovati squisiti.
Votato partiti, capito quei riti, veduto gli dei che hai detto reali e spacciato per miei. Finito di essere ciò che vorrei, una voce diversa da quella che sei. Visitato Shanghai, detto « mai e poi mai », preso mani e poi rami e giocato agli indiani. Animato animali con dita sui muri tra gli scuri e le ombre. Abbracciato ubriaco un amico fidato, dato tutto, e poi pianto per esser stato deluso, rinunciato al « mi scusi », baciato a occhi chiusi, accettato i soprusi di chi si sente al di sopra di tutto e di tutti, fatto a gara di rutti, inferto insulti a quei bruti che me ne hanno elargiti. Agitato vessilli per strada tra strilli o gridato aspri strali, carezzato gli steli, steso palmi sui veli, visto volti che tu hai voluto celati, assaggiato gelati, aggiornato i miei dati, sentito d'esser parte di uno dei vostri stati, invasi da invasati e divisi da divise, tracciati su mappe diverse dal vero; posseduto davvero, dato che « io sono del mondo » e non viceversa. Versato veleno, viaggiato su un treno, sorriso sereno e vissuto bei sogni, spremuto ogni goccia dal tempo presente, sentito il suono del niente, interpretato i miei incubi in cui interpreto un lupo in un bosco, buio e nascosto, scosto fronde innevate e non vedo che lampi e scoppi nei campi, luci lontane e frastuono inumano.
Dammi la mano e poi stringi, papà,
devi dirmi davvero il perché
siamo fermi a dar sfogo agli istinti,
quando il mondo buono ci accoglie,
e noi a togliergli vita e aria e sangue

per avere e non essere, correre e vincere,
come i bambini più piccoli di me,
come gli animali che diciamo inferiori.
Ironia del destino, ti sento e avvicino d'istinto la porta, ma non ci riesco, non esco e scopro che il viaggio è solo una giostra a cui poco importa. Pensa alla sorte che scopre le carte in un lampo di vita che ci vede vicini, tu tra assassini, a sei anni da qui, segui sguardi e segugi, gridi « guarda, sgualdrine! » e ne sbatti una a terra, è guerra, si sa, si può tutto e di più. E poi tu, farabutto, ne abusi e usi le armi con sprezzo, ché tanto il prezzo di quel pezzo di carne è meno di zero, non vale niente, davvero, è solo un buco, respira e « stai zitta puttana », puntandole in bocca un'altra bocca di ferro. Fa freddo e il sapore è più o meno lo stesso. Passo spesso le notti a cantare tra i botti, le ninnenanne di nonna, con mamma che piange e mi stringe e finge sia un gioco. Poco fa il tuo mortaio ha capito, mi ha colpito dritto nel petto e ha distrutto quel tetto che mi divideva dal cielo e mi ha regalato le stelle.
Ti sei ricordato del mio compleanno, papà.
Grazie.

ULTIMO

L'errore come principio, la domanda come spinta e gli altri come specchio. Sfrondarsi di orpelli che il tempo rende vuoti è il sollievo del salto, il miglioramento del terminale, la controfase nello schianto.

Non abbiamo altro se non riempir l'inutile di noi.

Per sì

Scoprirsi ancora capaci
di perdere il fiato per salti,
immagini e idee.
Tuffarsi nel tempo spettro
che steso si lascia nuotare.
Dimenticare d'essere altro
per paura di non essere qui,
mostrandosi semplice uno
sfrondato dei centomila.
Nessuno,
ma parte.
Annaspare per non perdere sguardi,
assecondare slanci e ridere calmo,
annuire e applaudire.
Esser parte.
Far verso a frasi su simboli,
di brevi che mai saranno.
Correre pensieri altrui,
sorridendosi simili,
stupendosi diversi,
comunque noi.

Comunque io.
Immergersi in stanze, giardini, palazzi,
persone, forze e odori;
non sapere e temere,
sorprendersi in torto
e convenire.
Accettarsi.
E il contrario.
Difendere altrove,
spegnendo fuochi vacui
di colossi di vapore
svelti di spada
e poveri di pensiero,
impauriti d'ammettere
il senso che ritrovi lottando:
d'esser bambini che giocano a vivere.

Un battito

È successo di nuovo,
quel battito:
sospensione d'assenza minima,
un battito di ciglia,
di cuore,
di sogno.
Oggi erano verdi, in un mondo di terra scura.
Erano verdi di un verde irreale, come quei mari stupendi
tanto belli da chiedersi perché tutto il resto non sia così.
Eran preziosi.
Trappole per pochi,
che si regalavano in piccole dosi, come le migliori droghe e i migliori piaceri sublimi.
Sembrava una stazione come altre,
sto per tornare sulle pagine, che l'occhio indugia su un taglio strano,
corretto, ma diverso.
Il gioco di vedere come sia chi li porta, mi fa tuffare in apnea.
Le porte si aprono e l'apnea si prolunga.
Sembra quasi che guardino me.

Non ci sono rughe o crucci attorno,
come se quello squarcio che vedo in fondo non fosse recente, ma vivo e presente.
Sono sempre così,
scalfiti,
oggi bellissimi, in quel contrasto che fa innamorare.
Ma giusto ieri eran nocciola,
lucenti,
come biglie da collezione
di luce preziosa.
E quella volta neri, nerissimi,
come ricordo.
Ma oggi è di nuovo un battito.
Fatico a pensare ad altro, leggo sognando di guardare
e, quando decido,
tentenno e mi coglie di nuovo.
Fa quasi male trovarsi nel sogno di altri, come impressi in bolla d'inverno.
E ritorno alle righe per non dare noia.
Starei notti intere, in fiore, a rubare molecole di passatopresentefuturo che quelle stelle racchiudono.
Noto i capelli e noto la curva del bel nero, seconda pelle, che scopre una mano fine,
dolce,
con al polso un ricordo, virgole neroverdi sotto cute,
simbolo di decisa libertà.
Scosta i capelli e muoio di più.
L'onda incalza finché luna sorge.
La spio mentre, con gli stessi gesti, ci difendiamo dal freddo di fuori.

E quel collo stupendo si copre di nero... su... su... e ancora,
fino al mare,
come stelo e bocciolo in poesia visiva.
Profumo tenue, ma fermo, mentre mi scivola davanti.
Adatto il passo... non seguo logica.
E non è un battito, che l'ho persa.
Niente musica.
Niente aria.
Nascondo la corsa in un passo veloce, ma nemmeno qui
dietro, o altrove.
Come sogno... svanita.
Lasciandomi, come sempre, una lacrima in bilico,
una speranza impalpabile di nuova sorpresa,
ma nulla...
La lacrima scivola con me nel caos di vite e città,
con un altro battito, un nuovo sogno
ed un sorriso triste di antigravità perduta.

Non ha

Trovarti ancora persa
nel retro del pensiero,
non porta che un diverso
respiro
pieno.
Giocavi a toglier fulmini
nei vecchi fiori vuoti
hai perso il bianco spento
del cieco
vetro.
« Che cosa? » chiedi chioccia,
chiusa in cerchi chiari
che cadono nel chiasso.
Chi eri
ieri?
Rimandami nel mondo
mandala senza senso
effimero fermarsi

nel pianto
spento.

Perdona,
se puoi.

Va

Adesso rimetto tutto a posto
tu, non ti preoccupare.
Le virgole e i ponti
le rondini e i baci
tornano sordi a tracciare i nodi.
E i forti noi che corron tra bombe
e lascian momenti e respiri,
sicuri dell'esser sicuri,
camminiamo l'ora
certi che prima non entri in poi.
Ma guarda il caos, qui,
senti quei fischi
assaggia quei tonfi.
Ehi...
Non mi vedi?!
Aspettami, arrivo.
Solo un ultimo foglio
un libro a terra.
Ricordi quel sole?!
No, forse no,

come tutti hai memoria di te
mentre il noi è solo mio
e l'orizzonte che insegui
non ha tempo per me.

MI

E come in un accordo distensionale, la nota pari mi quieta il male che sento. « I feel the pain of everyone, and then I feel nothing » mi risuona quieto dentro, come a ricordarmi di dover reagire, di non cedere, come è giusto che qualcuno creda sia giusto. La musica che disegna l'inesistente, spiega matematici gli accordi e i disaccordi.

Come dall'infinitesimo all'infinito, anche noi siamo fatti di fondamentali che cercano sequenze su cui appoggiarsi.

*Bye, my friend**

Is it something new
that thing that you do?
Is it real and true
the overwhelming blue?
I still care if you
go on living through
this demanding glue
that keeps rotting your
core
please, not anymore
let me take out all the mess that your past hammered
down
deep down inside you

* *Ciao, amico*
Non avevo mai visto, quella cosa che sai fare? / È reale quella tristezza soffocante? / M'importa ancora che tu vada avanti a lottare / contro queste sabbie mobili che ti inghiottono / e continuano a distruggerti il cuoreanimacervello. / Ti prego, basta. / Lascia che ti strappi via tutto il caos che il tuo passato t'ha inchiodato giù, giù nel profondo te / Il tempo continuerà a negare ciò che fai / ancora e sempre / nessuno ti cambierà / nessuno

Time will keep denying the things you do
Over and over again
No one will change you,
No one will save you

Even though this song
will never right my wrong
I'll sing it all life long
to make sure that you
know
I admit my fault
people don't change they just learn how to deal with their life.
You chose to die, so

Time will keep denying the things you've done
Over and over again
No one has changed you
No one has saved you
But I will keep reminding the things that are gone
to everyone–everywhere

ti salverà / Anche se questa canzone non rimedierà ai miei torti / la canterò per tutta la vita, / per esser sicuro che tu sappia / che ammetto tutti i miei errori / Le persone non cambiano, al massimo imparano / a scendere a compromessi con la vita / e tu hai deciso / di morire / Il tempo continuerà a negare ciò che hai fatto / ancora e sempre / nessuno t'ha cambiato / nessuno t'ha salvato / ma io continuerò a ricordare ciò che non c'è più / a tutti – ovunque

Ancora, in tutti i sensi

Voglio piangere fino a dimenticar chi io sia.
Perdermi in quel che avrei da dare a chi non vuole,
e che vorrebbe chi non merita.
Io.
Voglio difendere quel sorriso che avevi fatto sbocciare, per donartelo identico.
Perché non è che onda lo splendere,
non riflesso,
ma forza mutuata
e resa.
Siamo perché siamo stati,
nostri perché altrui.
Sono per i tuoi occhi,
per il tuo cuoreanimacervello che m'ha abbracciato e riscaldato e fatto crescere e dato vita.
Sono perché m'hai fatto essere.
Perché sei un po' me.
E sarai pezzi di me.
Tu.
Che eri la forza che non ho più,
non voglio nemmeno che passi,

sarebbe il sapere tu sia il meglio che possa accadere,
che abdica per l'oblio del comune credere al bisogno,
più che al darsi.
Non t'ho persa,
sei qui;
solo,
mi distrugge il sapere di non poterti vivere mentre costruiamo quel che avremmo potuto.
Noi.
Voglio uccidere il me che non ha saputo regalarti sassi di felicità che meriti e che cerchi;
odio il sapermi incapace.
Mi fa sentire il tutto che non sono.
Il non suono che odi.
Inutile.
Come acqua nel mare calmo del nulla.

Più o meno tutto

È sano che un umano abbia segreti,
son vie che prendi tu, e tu soltanto,
per viverti e saperti un po' più saggio,
quando ogni cosa dice il contrario.
I sogni sono tuoi come il sapere
e nessuno sarà mai come sei,
l'empatia è irreale
come l'amore
che salva, sì, ma come dio, perché inventato.
Ma è giusto tuffarsi in illusioni
aiuta a sentirsi parte
e l'arte di mentirsi è una salvezza,
forse l'unica speranza di galleggiare.
Aversi salva vite,
ma l'equilibrio
non va cercato in altri, né mutuato,
è forza viva che va costruita,
senza la pretesa sia dovuto.
E a nudo, guardati e scandaglia,
gli scandali son tali per pudori
indotti dal crederci migliori

di chi ci vuole forti
o ci fa creder principesse.
Se fosse il vero anelito il sapere,
e il merito, com'è, non esistesse,
conoscersi sarebbe l'oro puro
e non ci s'aspetterebbe ciò che non può.
Siamo fatti per deludere,
e ognuno ha il suo nero nel profondo,
onde di scelte e lasciar correre,
navighiamo correnti che viriamo a scuse.
Accoglierci tra braccia e petto e mani,
come incastri di risuono ed eco e cresta,
è il bene più grande che ci resta
in questa nostra storta coincidenza.
Le gocce dei secondi arrotondano ogni cosa,
anche la più forte e proprio quella che non avresti mai
dimenticato,
l'accettarsi è il fondamento in tutti i passi,
non: piacersi, amarsi, avere oppure credersi;
sedersi ad ammirare il male,
capire che giustizia non immane,
perché nella gabbia aperta del dovere
siam noi che decidiamo
quanto rispetto offrire.
Ferire è inevitabile
e labile è il limite tra
imitare ed essere,
e se restar se stessi
è il cammino,
il traguardo è sempre

l'imparare.
Tu sei tuo e nessun altro,
come niente
se non i tuoi pensieri,
e dirli li cambia già,
ché condividere
è crescere e modificarsi.
Che i modi non sian morsi, ma carezze,
ché essersi è il vero dono
di bellezza.

Come farfalla

E questo
che credi
non riesca ad esser niente
non vedi
che sale
e riempie i polmoni
non credi che riesca a vedere quel nido quel sole pesante
    che spegne i dolori
non vedi la luce che acceca e che bieca sottile ti taglia la gola
non riesco a vedere un'uscita ma penso e rifletto su quello
    che ho fatto
e non riesco a sentire più niente adesso che ho perso la vita
    nel fango del mondo
e cruda
e sottile
mi muove la bile
mi induce
a pensare
di essere vile
mi taglia
mi sfregia

mi rompe sinapsi
ingoia
comprime
la voglia di farsi
mentori di una ragione più semplice e vera, né killer né
preda
soltanto un lontano parente di sangue pulito da mille
eroine tagliate col fuoco
creando prigioni di sogni nel vuoto, catene di fumo che
bruciano i polsi
già ora che vedo l'uscita dai crudi deliri di morti viventi.
Brucia - in gola - la rabbia - divora.
E ancora - i denti - le tempie - livore.

Ed ora che ho perso l'involucro bianco,
ora che larva è solo un ricordo,
ora che l'aria è il manto del mondo,
lasciami un giorno che a notte io muoio.

Indice

ATTI, VITA

DA ME

RISPETTO

AMARTI

Fotocomposizione Editype S.r.l.
Agrate Brianza (MB)

Finito di stampare
nel mese di marzo 2019
per conto della TEA S.r.l., Milano
da Grafica Veneta S.p.A. di Trebaseleghe (PD)
Printed in Italy